L'AUTEUR

DU

MAUDIT

Conte vraisemblable

PAR

HENRI LASSERRE

PARIS

VICTOR PALMÉ, ÉDITEUR

RUE SAINT-SULPICE, 22

1864

L'AUTEUR

DU

MAUDIT

Paris. — Typ. de Ad. Lainé et J. Havard, rue des Saints-Pères, 19.

L'AUTEUR

DU

MAUDIT

Conte vraisemblable

PAR

HENRI LASSERRE

PARIS

VICTOR PALMÉ, ÉDITEUR

RUE SAINT-SULPICE, 22

1864

A mon cher beau-frère, Xavier Lescure.

Mon cher Xavier,

L'accident qui vous est arrivé naguère et qui a failli vous briser la jambe, retient encore au logis votre active et bouillante nature. Voici une histoire que j'ai écrite pour vous désennuyer un instant, durant votre convalescence. Et certes j'ai fait là une œuvre inutile ; car, dans une maison où se trouvent mon excellente sœur et ces deux anges charmants et lutins que j'appelle mes nièces, il est vraiment bien impossible que l'ennui puisse se glisser.

Quoi qu'il en soit, mon cher Xavier, je vous dédie ce petit livre en témoignage de ma profonde et cordiale affection pour vous ; et, à la façon des Souverains, mais avec une tout autre sincérité, je me dis et je signe

Votre bon frère,

HENRI.

Paris, janvier 1864.

L'AUTEUR

DU

MAUDIT

Conte vraisemblable.

———————

Corruptio optimi pessima.

I

M. l'abbé Lâche, de son prénom Vipérin, demeurait au quatrième étage d'une
maison sise rue M., à Paris. Cet indigne
prêtre avait été interdit pour cause de
mœurs scandaleuses, et, au lieu d'aller se

jeter dans quelque cloître pour y relever, par la pratique de la pénitence, son âme si misérablement tombée, il était venu à Paris continuer sa vie de désordres. Il végétait en prêtant ou, pour mieux dire, en vendant sa plume à certaines feuilles anticatholiques qui avaient besoin, pour combattre l'Église, d'un théologien d'occasion.

Ce théologien pour tout faire était remarquable par son ignorance : et en premier lieu il ignorait la théologie. Il ne connaissait ni l'histoire, ni la philosophie, ni la liturgie, ni la casuistique, rien, absolument rien, de ce que tout prêtre doit posséder ; et il n'était point versé davantage dans les études profanes.

Toutes ses facultés s'étaient concentrées sur un point : Vipérin Lâche savait mentir.

Une vaste impudence lui tenait lieu de savoir. S'il était absolument étranger aux plus élémentaires notions des sciences ecclésiastiques, il se rappelait encore assez bien les noms, si souvent cités dans les séminaires, des Suarez, des Bellarmin, des Cornélius à Lapide, et il avait même souvenance de quelques autres plus obscurs. Il mettait sur le compte de ces graves personnages des hérésies énormes, avec l'indication précise du volume et de la page, sachant bien que les lecteurs des journaux où il répandait sa prose n'étaient point assez arriérés pour connaître de si vieux auteurs, ni assez méchants pour vérifier les textes.

Les très-grands savants citent de mémoire : il citait d'imagination.

M. Ernest Renan, grand appréciateur de choses fines, ne vit là-dedans qu'une délicate nuance; et, frappé d'une si admirable méthode, il jugea bon de l'emprunter au bon abbé Lâche pour composer la « Vie de Jésus. »

L'excellent abbé Lâche ne signait pas ses articles. Le journal les faisait souvent précéder d'une petite note à peu près conçue en ces termes : « Un des membres les plus éminents du clergé de France; un de ces ecclésiastiques intelligents qui veulent réconcilier l'Église avec la société moderne; un de ces prêtres vénérables, qui honorent leurs fonctions bien plus qu'ils ne sont honorés par elles, nous adresse la lettre suivante que nous insérons avec un pieux respect... » Habituellement M. l'abbé Lâche rédigeait lui-même la petite note.

A la fin du mois, le « membre éminent du clergé de France, » « l'ecclésiastique intelligent, » le « prêtre vénérable » venait toucher les quelques écus qui lui revenaient, écus souillés d'infamie qui descendaient en droite ligne des trente deniers de Judas. Cette généalogie était d'autant plus vraisemblable que le journal en question appartenait à un juif.

— J'ai vu bien des coquins, se disait le caissier, en refermant son guichet; mais j'ai peu aperçu de visages aussi infâmes que la face patibulaire de ce dégoûtant abbé Lâche.

L'honnête caissier avait raison. La physionomie de l'abbé Vipérin Lâche réalisait un type d'autant plus hideux qu'en étudiant un à un les divers traits de ce visage, on pouvait voir qu'à l'origine il avait dû avoir une certaine beauté. Mais les mauvaises passions avaient tout ravagé : de tout ce que Dieu avait créé pour être une vertu, elles avaient fait un vice ; de chaque élément de beauté, elles avaient composé une laideur.

Les yeux étaient brillants, mais leur éclat fiévreux avait je ne sais quoi de sinistre. Ils étaient grands et noirs; mais le regard faux et incertain fuyait le regard d'autrui : sans jamais s'arrêter sur quoi que ce soit, ils se levaient parfois vers le ciel et se livraient à d'ineffables évolutions, auxquelles venait s'associer le jeu savant d'une bouche éminemment papelarde. Cette bouche, primitivement régulière, était déformée, tant par l'effet de ces habitudes constantes d'hypocrisie que par les agitations secrètes des passions et de la conscience. Les lèvres, autrefois rouges d'un sang vermeil, les lèvres, qui auraient pu être éloquentes, étaient flétries et livides. Quand il parlait, on voyait ses dents noircies et gâtées par suite d'une santé délabrée. Sa voix, jadis sonore et pleine, était devenue caverneuse et enrouée. Les manières du personnage étaient tantôt brutales et insolentes, tantôt rampantes et mielleuses.

Quoiqu'il fût jeune encore, Vipérin Lâche, usé avant l'âge, ressentait déjà les premières atteintes d'une vieillesse précoce. Ses cheveux, beaucoup plus longs que ne le comporte la mode, commençaient à devenir rares sur le haut de la tête, où une tonsure naturelle remplaçait peu à peu le signe sacré qui avait marqué jadis son entrée dans les ordres ecclésiastiques. Ils étaient, et pour cause, infiniment plus noirs que nature. Le visage, ovale et brun, était maigre et tiré.

Le costume de l'ancien prêtre mérite d'être décrit, bien qu'il manquât entièrement d'élégance. La redingote, d'un drap très-noir, était trop longue des basques, et trop courte de la taille; le collet était très-exigu, les boutons un peu petits et fort rapprochés. Il était aisé de deviner que cet habit singulier avait été taillé dans les vastes flancs d'une soutane. Quel était le vrai nom de ce vêtement? mystère. Un jour l'abbé Lâche fut éclaboussé par une voiture; il rencontre sur son chemin un rédacteur du *Siècle :* « J'ai sali ma redingote, » lui dit-il. Un peu plus loin, il se trouve en face d'un vicaire de Saint-Roch. « J'ai maculé ma soutanelle, » murmura-t-il avec componction. A part cette lévite ambiguë, le reste du costume, pantalon et gilet, était de couleur claire et presque voyante ; malgré le mot au vicaire de Saint-Roch, l'ex-abbé cherchait avant tout à perdre vis-à-vis des journalistes toute apparence cléricale. Le chapeau notamment, très-haut de forme et très-étroit des bords, semblait choisi tout exprès pour être l'antithèse de celui que portent les prêtres ; et cependant, par je ne sais quelle inexplicable parenté, ce chapeau avait un aspect ecclésiastique, et, pour des yeux exercés, ne pouvait appartenir qu'à un abbé interdit.

Si, du corps et de l'enveloppe extérieure, on passait à l'examen de l'âme, le spectacle n'était pas moins affreux. Le lecteur commence déjà à savoir à quoi s'en tenir sur ce point délicat.

La conscience n'était point cependant tout à fait éteinte chez ce misérable. Il n'en était point encore arrivé à cet état tranquille où l'on fait le mal sans remords, et où l'aveuglement est tel qu'on a perdu la notion du bien. Chaque fois qu'il prenait la plume pour combattre ce qu'il avait jadis défendu, le vieil instinct de la vérité catholique résistait en lui, et il avait besoin de faire effort sur lui-même pour surmonter ce bon mouvement que lui envoyait Dieu. Il s'étourdissait bien, par moments, au tumulte de ses passions et au cliquetis de ses sophismes, mais cela ne durait pas. Au fond, ce prêtre apostat croyait encore à Dieu, à Jésus-Christ, à la Vierge sainte, à l'Église, aux sacrements.

Quoiqu'il dît un mal affreux des objets bénits et des médailles, il en portait toujours sur lui une demi-douzaine. Jamais il n'entrait dans une église; mais l'atroce peur qu'il avait de l'enfer lui arrachait d'étranges prières. Lorsque, assis à sa table de travail, il se préparait à s'unir aux athées et aux impies pour insulter à tout ce qu'il y a de sacré en ce monde, pour empêcher les faibles de croire à l'unique vérité, une image éternelle passait devant sa pensée. Il lui semblait voir la face adorable du Sauveur des hommes le regarder, lui, le prêtre catholique, comme autrefois elle regarda Judas, et lui dire les douces et terribles paroles : *Amice, ad quid venisti?* Alors Lâche avait peur, mais il n'était point touché. Il ne songeait pas à revenir au bien, il se demandait comment il pourrait éviter le châtiment :

« — O mon Dieu ! s'écriait-il alors, puisque vous êtes si bon, permettez que je vous outrage, que je vous renie, que je couvre votre visage de boue et de crachats ! Vous savez qu'au fond je vous reconnais, que je vous vénère, que je vous adore. Ce visage-là, je le sais, est celui-là même devant lequel se prosternent les anges. Mais j'ai promis d'écrire :

on attend mon travail, et vous le savez, ô
mon Dieu! il ne faut point manquer à sa
parole. Pardonnez-moi donc de faire mon
métier ; il faut bien que je vive de façon à
satisfaire des vices dont je suis, malgré
ma volonté, le gémissant captif. Mais
vous lisez dans mon âme et vous voyez
bien que je ne pense pas ce que j'écris.
Ne le prenez donc pas au sérieux, divin
Sauveur, et ne me précipitez pas dans
l'enfer. Et puis, ô mon Dieu! je me re-
pentirai au moment de la mort! »

Et le malheureux, un peu calmé, se
mettait à sa vile besogne.

L'abbé Lâche cachait d'autant plus soi-
gneusement sa collaboration aux feuilles
antichrétiennes, qu'il avait conservé
parmi le clergé des relations qui lui
étaient utiles. Paris est un abîme immense
où toutes les hontes peuvent aisément se
dissimuler. Vipérin Lâche, quoique interdit jadis pour ses mauvaises mœurs, af-

2

fectait la rigidité et recouvrait d'un voile absolu la vie abominable qu'il menait. Il était ignoble à huis-clos. Quand il rencontrait un ecclésiastique de sa connaissance, il composait hypocritement sa physionomie et répondait invariablement aux questions qu'on lui adressait : — « Je mène depuis mon malheur une vie très-retirée, et je passe mes jours et mes nuits à étudier l'histoire des ordres religieux et la vie ascétique. »

Il ne disait jamais « mon interdit; » il disait : « mon malheur. »

— Prenez garde, si vous faites un livre, lui répondit un jour un savant professeur de Saint-Sulpice qu'il rencontra dans la rue d'Assas, prenez garde de tomber dans quelque hérésie, comme cela vous est arrivé lorsque, exerçant encore le ministère, vous avez écrit votre petit opuscule contre l'Immaculée Conception, lequel a été condamné.

— Et c'est là l'unique cause de mon

malheur, reprit Vipérin Lâche en levant béatement les yeux au ciel. Le reste n'est qu'un ramassis indigne de calomnies contre lesquelles je proteste de toute la pureté de ma vie et de toute l'énergie de ma conscience de prêtre. Mais, malgré la condamnation de mon écrit, je ne puis voir autrement que je n'ai vu, et ma thèse me semble toujours la seule vraie.

Devant le monde ecclésiastique comme devant le monde irréligieux, le rusé coquin exploitait sa brochure sur la Conception Immaculée, pour faire croire que c'était là la vraie cause de son interdit et l'unique obstacle à sa rentrée dans les fonctions sacerdotales. « Je suis la pureté calomniée, » disait-il aux uns. « Je suis la liberté persécutée, » disait-il aux autres.

Plusieurs fois par semaine, l'abbé Lâche allait visiter quelques bons prêtres, vis-à-vis desquels il affectait les plus humbles dehors. Les âmes nobles sont confiantes et ne soupçonnent pas le mal. Elles sont trop grandes pour avoir la clairvoyance d'un agent de police, et on les abuse aisément. Vipérin Lâche le savait, et il exploitait la charité de ces hommes de Dieu. Il s'indignait avec eux contre le mal que font les mauvais journaux, les publications impies, les attaques de toute sorte que l'on dirige contre la religion. Il déplorait, en longues homélies, le malheur des temps; et il lui arriva plus d'une fois de signaler lui-même comme des infamies les articles anonymes qu'avait écrits, le matin même, sa plume vénale et sacrilége.

Puis, il parlait de sa gêne excessive, et tendait la main pour recevoir, tantôt les économies personnelles d'un pauvre curé, tantôt l'argent que quelque âme chrétienne avait confié au vénérable pasteur pour secourir les honnêtes misères qu'il trouverait sur son chemin.

Et, quand il avait ainsi volé le prêtre ou volé les pauvres, il allait, je ne sais où, dépenser aussi honorablement qu'il l'avait gagné le produit de son industrie. Le lendemain, à sa table de travail, il reprenait son œuvre de diffamation contre le Catholicisme et ses prêtres, n'épargnant pas toujours ceux-là mêmes dont il avait reçu les généreuses mais trop confiantes aumônes. « L'ingratitude, a dit quelqu'un, est l'indépendance du cœur. » Vipérin Lâche était indépendant.

C'était dans ces visites hypocrites aux membres du clergé que cet homme apprenait les nouvelles courantes du monde ecclésiastique. Ces renseignements précis lui étaient nécessaires afin de bien ourdir ses calomnies et ses indignités contre le personnel de l'Église. Pour calomnier avec succès il faut connaître la vérité, autrement on marche au hasard : Vipérin Lâche était un calomniateur consciencieux.

II

Un soir du mois de juillet dernier, un ecclésiastique en cheveux blancs suivait lentement la rue M. Il suffisait de le regarder un instant pour voir sur son visage le reflet de toutes les grandeurs chrétiennes. « Faire le bien, et le bien faire, » avait été la devise de sa noble vie. Il avait accompli des merveilles sans nombre et il était humble comme un enfant. C'était bien malgré lui qu'il inspirait à quiconque le voyait une irrésistible vénération ; c'était bien malgré lui que le long exercice des plus hautes vertus

avait, en quelque sorte, fait participer
son corps à l'auréole intérieure de son
âme. Cette belle âme était visible à travers sa matérielle enveloppe. La flamme
de la lampe rend lumineux le vase d'al-
bâtre qui la contient, et la transfiguration
des saints commence dès ici-bas.

Ce vieillard qui cheminait ainsi dans
la rue M., appuyé sur un bâton de
paysan, vêtu d'une soutane grossière, la
tête couverte d'un vieux tricorne usé et
déformé par le temps, était l'une des
gloires de notre siècle et l'un des plus illustres princes de l'Église. C'était le Cardinal-Archevêque de ***.

Arrivé à l'une des portes de la rue M.
il frappa.

— Monsieur Lâche? demanda-t-il.

— Au quatrième étage, la porte à gau-
che, répondit le concierge.

L'abbé Lâche dépendait du diocèse
de ***, et c'était après bien des admones-

tations inutiles que l'excellent Archevêque s'était vu obligé de l'interdire. Son
cœur, qui était pour tous les prêtres de
son diocèse un vrai cœur de père, avait
cruellement souffert dans cette circons-
tance.

— Je suis plus malheureux qu'Abra-
ham, s'était-il écrié en signant la sen-
tence d'interdit, car la justice et l'intérêt
du troupeau me commandent de con-
sommer jusqu'au bout le sacrifice de l'un
de mes fils, fils coupable, que jadis j'avais
sacré moi-même pour la vie sacerdotale
et qui précipite aujourd'hui vers l'abîme
les âmes qu'il était appelé à élever vers
le ciel.

Comme nous l'avons dit, c'est à la
suite de cet interdit que l'abbé Lâche
était venu à Paris. Peu de temps après
son arrivée il était tombé gravement malade, et, ses ressources s'étant bien vite
épuisées, il était sur le point de périr
faute de soins, lorsque vint le chercher

pour le conduire dans la maison de santé qu'il dirigeait, l'un des plus grands médecins de Paris, M. le docteur Pougerolles.

— Votre pension, lui dit l'illustre successeur de Dupuytren, est payée jusqu'à votre entière guérison.

Quand, après un séjour de quatre ou cinq mois, il sortit guéri de cette maison, M. Pougerolles lui remit, de la part de la personne qui avait payé la pension, une somme de cinq cents francs pour que, du soir au lendemain, il ne se trouvât point sur le pavé. « Je crois, Monsieur l'abbé, lui dit-il, qu'une retraite dans quelque monastère ne nuirait point à votre convalescence. »

L'abbé Lâche avait deviné, dès le premier jour, le nom de son mystérieux bienfaiteur et reconnu la main paternelle de l'excellent Cardinal-Archevêque de ***.

C'est immédiatement après ces événe-

ments qu'il commença à exercer secrète-
ment le métier que nous avons dit.

Au moment où nous sommes arrivés,
c'est-à-dire en juillet dernier, trois ans
s'étaient écoulés depuis l'interdit.

Le Cardinal-Archevêque de *** ne dé-
sespérait pas de l'amendement de ce misérable prêtre. Il avait souvent médité
cette touchante histoire de l'apôtre saint
Jean, allant chercher jusque dans un
repaire de brigands son ancien disciple
qui s'était fait chef de voleurs, et le ra-
menant avec lui, repentant et à jamais
converti. Et voilà pourquoi nous venons
de voir le vieil Archevêque longer la rue
M. et entrer dans la maison habitée par
l'abbé Lâche.

Quand le traître vit entrer dans son cabinet le vénérable prélat, il recouvrit
brusquement de quelques in-octavo les
pages qu'il était en train d'écrire et se

prosterna obséquieusement devant lui.

— Relevez-vous, mon enfant, lui dit le saint vieillard en l'attirant à lui et le pressant affectueusement sur son cœur.

Il y eut un moment de silence, le bon Archevêque étant un peu oppressé par son émotion.

— Oui, relevez-vous ! reprit-il ; c'est pour vous dire cette parole que je suis venu ici. Relevez-vous, ô mon pauvre enfant tombé ! relevez-vous vers le bien, vers la vérité, vers la justice, vers la belle et heureuse vie chrétienne. Il y a plus de joie au ciel pour un pécheur qui fait pénitence que pour cent justes qui persévèrent ; et il en sera de même, si vous le voulez, dans le cœur de votre vieux père. Car je ne suis plus le juge qui a dû frapper : je suis le père dont les entrailles s'émeuvent, le père qui a bien dû venir chercher le Prodigue puisque celui-ci ne reprenait pas de lui-même le chemin du retour !... Ah ! que je puisse dire, moi aussi : « Mon fils était perdu, et je l'ai enfin retrouvé ; il était mort, et le voilà ressuscité ! » La justice de Dieu ne demande qu'à tout pardonner et à tout oublier. O mon fils ! donnez cette grande joie à votre Père qui est aux cieux, et à votre père qui est sur la terre et qui vous parle en ce moment. »

Les deux interlocuteurs s'étaient assis, et l'Archevêque, en s'exprimant de la sorte, avait pris les mains de son ancien prêtre. La parole du vieillard était pénétrante ; il avait des larmes dans la voix, et ses beaux yeux, purs comme son âme, laissaient tomber quelques pleurs sur son noble visage, qu'animait en ce moment l'ardente flamme de la charité.

L'accent de l'apôtre était tel qu'il remua un instant l'âme, si profondément avilie pourtant, du malheureux abbé Lâche. Il entrevit, comme dans un éclair, la splendeur du bien, la beauté d'une conversion complète. Il se souvint de sa

première communion, des heures pu-
res de son enfance. Le saint qu'il avait
devant les yeux lui faisait comprendre
combien est belle la vertu.

— Éminence, dit-il...

— Appelez-moi « mon père, » interrompit le prélat, car en vérité je le suis,
ô mon bien cher fils!..

En disant ces mots, la voix du saint
Archevêque faillit lui manquer, tant il se
sentait ému. Il se tut et referma ses lèvres
avec effort pour ne point laisser échapper
les sanglots contenus qui soulevaient sa
poitrine et oppressaient son cœur.

Dieu, dans sa miséricorde, envoya un
bon mouvement au prêtre déchu.

— Mon père. dit-il, que faudrait-il
faire ?

— Quittez tout et vous trouverez
tout, répondit le vieillard. Quittez tout
le mal et vous trouverez tout le bien.
Fuyez Paris. Cherchez la paix où elle se
trouve, c'est-à-dire dans la prière et dans

la retraite : allez vous recueillir durant quelques mois dans la solitude d'un cloître, au milieu des miracles de la vie religieuse. Dans ce silence de toutes choses, Dieu parlera à votre cœur et vous reviendrez un homme transformé ! Alors, mon enfant, vous pourrez commencer une vie nouvelle, travailler encore au champ du Seigneur, conquérir des âmes à Dieu, et enfin, quel que soit, hélas ! votre passé, quel que soit votre présent peut-être, recevoir au dernier jugement cette brillante couronne des saints, que décernera aux élus Celui-là seul qui n'a jamais failli.

L'espérance de devenir un saint évoquée ainsi dans ce cœur si horriblement souillé, le Ciel reflété tout à coup dans cet abîme affreux, produisirent dans le prêtre coupable une agitation extraordinaire. Il ne répondait pas à l'Archevêque; il se livrait en lui-même à une de ces méditations formidables, à une de ces luttes terribles d'où l'on sort habituellement ou tout à fait sanctifié ou entièrement perverti.

Se transformer, prendre place parmi les bons, parmi les purs, parmi les êtres bénis et les bienfaiteurs du monde, resplendir parmi les bienheureux, être un saint : quel idéal pour l'âme tombée ! Il n'est pas de monstre qui ne soit ému quand on lui fait apercevoir une si merveilleuse et pourtant si certaine possibilité : l'abbé Lâche était troublé. Mais, d'autre part, ses passions déchaînées bondissaient en lui-même et hurlaient comme des chiens furieux à qui l'on veut arracher leur proie : « Nous te dévorerons vivant, disaient-elles, si tu ne nous satisfais pas. » Mille obscènes images, mille souvenirs à la fois pleins d'ignominie et de séduisance tourbillonnaient autour de lui et l'attiraient vers l'enfer.

Devant le coupable, cependant, et dans le plus profond du gouffre où il périssait, le Prince de l'Église venait de montrer, tout ouverte pour le recevoir, la grande porte du ciel : le Repentir.

Défaillance suprême ! le malheureux détourna les yeux de ces splendeurs et voulut échapper à l'étreinte du vieillard qui était venu pour le sauver.

— J'ai d'invincibles liens qui me retiennent ici, s'écria-t-il.

— Lesquels ? dit l'Archevêque.

— Des dettes ! des dettes que je ne puis payer.

— Est-ce le seul empêchement ?

— Oui, Éminence.

Le prélat jeta sur l'abbé Lâche un de ces regards clairs et profonds comme en ont quelquefois les saints. Le misérable baissa les yeux.

« Allons ! se dit en lui-même l'homme de Dieu, il faut faire encore un effort ! »

— Combien devez-vous ? reprit-il à haute voix.

— Quatre mille francs, répondit sourdement l'abbé Lâche, sans lever la tête et sans oser regarder le prélat.

— Mon fils, dit l'Archevêque d'une voix grave, Dieu lit au fond de votre cœur. Pour moi, je n'entends que votre parole, et je ferai certes sans hésiter tout ce qui, humainement, peut être nécessaire pour vous sauver.

En disant ces paroles il se pencha vers le bureau qui se trouvait à côté de lui, et, prenant une feuille de papier, il écrivit quelques lignes qu'il remit à son ancien prêtre.

— Voici cette somme, lui dit-il. Elle vous sera payée demain à présentation par MM. de Dreuze et de Marson, banquiers. Vous voilà libre et vous pouvez quitter Paris. Cette somme, mon cher fils, était mise par moi en réserve pour soulager une famille dans de grandes angoisses, une famille qui me touche de près par les liens du sang et plus encore par ceux du cœur. Je change la destination de cet argent : je le reprends, pour ainsi dire, à ces êtres qui souffrent et qui me sont chers, et je fais ce saignant sacrifice pour faciliter le salut de votre âme, pour vous délivrer de ces liens qui seuls, me dites-vous, vous retiennent encore. Adieu, mon enfant, je vous laisse seul avec vous-même et avec Dieu. Je prierai instamment pour vous Notre-Seigneur, afin qu'il vous donne le courage et la force, et demain à midi je reviendrai vous voir. A demain donc, mon cher fils, et priez pour moi.

L'Archevêque, en disant ces mots, embrassa affectueusement l'abbé Lâche; et le pressa un long moment sur sa poitrine.

— Mon fils, mon cher fils, s'écria-t-il, revenez à Dieu !

III

Quand le saint vieillard fut parti,
l'abbé Lâche s'affaissa plutôt qu'il ne
s'assit dans son fauteuil, et, s'accoudant
à sa table de travail, il plongea sa tête
dans ses mains.

— Cet homme m'écrase par sa grandeur, se dit-il en lui-même. Décidément
c'est un saint! et ce qu'il veut de moi,
c'est la raison, c'est la justice, c'est le
bien, c'est ce que je devrais vouloir moi-
même, si mes passions ne me dominaient
pas... Et voilà pourtant les hommes que
produit la doctrine catholique, voilà les

hommes dans lesquels s'incarne l'Église!
Que c'est grand, que c'est beau, que c'est
divin!

En ce moment, il aperçut les feuilles
manuscrites qu'il avait cachées sous des
livres lorsque l'Archevêque était entré.
Il les froissa violemment.

— Ah! je fais, il faut l'avouer, un im-
monde métier! s'écria-t-il tout haut, et
j'ai conscience de mon abjection.

Il s'était levé et se promenait tout
bouleversé dans cette vaste pièce où il
avait coutume de travailler.

— Et pourtant il faut bien que je vive!
reprenait-il, se cherchant à lui-même
des excuses.

— N'y a-t-il pas d'honnêtes travaux
qui puissent entretenir la vie? lui criait sa
conscience indignée.

— Et les vices, les terribles et bien-
aimés vices, ne faut-il pas de l'or pour
les assouvir? rugissaient les passions à
son oreille. Peux-tu donc te passer de

vices, et ne faut-il pas qu'ils vivent aussi?

La lutte qui avait agité cette âme en présence de l'Archevêque recommençait dans des proportions effroyables et plus décisives.

— Et cet argent, continua le prêtre interdit, cet argent qui m'a été donné pour payer des dettes que je n'ai point, qu'en faire?... Le rendre, et confesser que j'ai menti? mais ce premier pas vers le bien, ce premier effort sur moi-même m'entraînerait, je le sens, jusqu'à cette conversion radicale que je redoute, jusqu'à cette solitude du cloître qui épouvante ma nature et qui pourtant serait l'unique remède!... Le garder? mais c'est rouler dans la dernière infamie, c'est me vouer à mon propre mépris et au mépris de ce vieillard...

Quatre mille francs! la somme est belle, cependant. Combien d'ivresses et de festins, combien de ces âpres distractions dont j'ai besoin pour m'étourdir, combien de plaisirs je ferais sortir de cet or... si je le gardais ! — Mais cet or n'est-il pas sacré ? Il était destiné à soulager des pauvres dans l'angoisse de la faim, à sécher des larmes : ce serait le prendre aux plus cruels besoins de l'indigence que de le garder pour mes vices. Que faire donc ? Il faut tomber jusque dans le fond de l'abîme ou en sortir à jamais d'un seul bond. L'alternative est fatale : il faut choisir, et l'instant est venu.

Mais le malheureux ne choisissait pas, et les fantômes décevants qui se pressaient dans son imagination dépravée paraissaient, hélas ! à cette âme qui n'avait ni générosité ni grandeur, plus séduisants mille fois que tous les charmes austères de la vertu.

En ce moment quelqu'un frappa à la porte, et l'abbé Lâche alla ouvrir.

IV

— M. Vipérin Lâche? dit le nouveau venu.

— C'est moi-même, Monsieur, répondit l'abbé en saluant. Pourrais-je savoir à qui j'ai l'honneur de parler?

Celui qui venait d'entrer s'installa sur un canapé, sans attendre l'invitation de son hôte; puis, sans plus de façon, il étendit ses jambes sur une chaise qui se trouva en face de lui. Quand il fut parfaitement à son aise :

— Asseyez-vous, dit-il à l'abbé Lâche.

Ce personnage sans gêne portait sur sa physionomie et dans toutes ses allures l'insolence de la fortune mal acquise. Son front était bas et déprimé, ses yeux petits et avides, ses pommettes saillantes, son nez effilé ; sa bouche, j'allais dire son museau, était large, proéminente, et d'un aspect omnivore ; son menton était pointu, ses favoris et ses cheveux couleur fauve, son teint rougeaud. Il était plutôt petit que grand, et portait un gros corps trapu sur des jambes grêles et cagneuses. Il n'était pas bossu, mais il aurait dû l'être : ici-bas nul n'est complet.

— Monsieur, répéta l'abbé Lâche, pourrais-je savoir à qui j'ai l'honneur...?

— Qu'est-ce que ça vous fait ? interrompit brusquement cette espèce de loup-cervier. Avez-vous lu la « Vie de Jésus » de Renan ? Qu'en pensez-vous ?

— Monsieur...

— Après tout, que vous l'ayez lue ou non, que vous en pensiez du mal ou du bien, ça m'est parfaitement égal. Je viens au fait.

— Mais, Monsieur, pourrais-je...?

— Le fait, le voici. Le livre de Renan a fait de l'argent. La question était vive, ça se lisait comme un roman. C'en était un. Les camarades l'ont prôné, les amis l'ont acheté quelque peu, les ennemis l'ont acheté beaucoup. Et v'lan ! le tour a été fait, et on a brassé de l'argent. Comprenez-vous ?

— Non, Monsieur, mais je serais très-heureux de savoir à qui...

— Encore une fois, qu'est-ce que ça vous fait ? Laissez-moi tranquille, je ne veux pas encore vous dire mon nom. Le succès Renan est un filon qui indique une mine à succès, c'est-à-dire une mine d'or. Faut la suivre jusqu'au bout, je ne vous dis que ça : faut la suivre. Il a atta- qué Jésus, faut attaquer l'œuvre de

Jésus : il a attaqué le fondateur, faut attaquer la fondation. Peu ou point de
discussion : ça n'intéresse que les gens
sérieux, et il n'y en a plus. Du roman,
rien que du roman ! ça fait plus d'effet
que l'histoire et ça n'a pas besoin de
preuves ; ça pénètre partout et ça peut se
brasser en quelques semaines.— Et puis,
les frères et amis des sociétés secrètes
m'ont dit que le moment était venu et
qu'on pousserait au scandale : ils donne-
ront des notes, ils feront des articles, ils
battront la grosse caisse. Ils en font une
affaire de parti ; moi, j'en fais une affaire
d'argent : je me moque des idées. Je
couvrirai d'annonces et de réclames la
quatrième page des journaux et tous les
murs des villes de France ; j'en inonderai
le monde. Et j'aurai un immense succès,
et je brasserai de l'argent. Les frères
et amis s'en serviront après ça pour
démolir les églises si ça leur plaît ; ça
m'est parfaitement égal. Je brasserai en-

core de l'argent en entreprenant de les reconstruire.

— Mais en quoi, Monsieur, vos projets peuvent-ils?..

Le brasseur d'argent bondit d'impatience et poussa son juron favori :

— Banque de France ! s'écria-t-il, vous m'interrompez. Vous comprenez que je ne puis écrire moi-même ce livre. Pour faire un livre je n'ai pas la science...

— Ni moi non plus, aurait pu répartir l'abbé Lâche, qui ne répondit rien.

— Je n'ai pas les idées...

— Ni moi non plus, aurait pu encore ajouter l'abbé Lâche qui continua à garder le silence.

— Je n'ai ni l'imagination, ni l'art d'agencer les scènes, ni le style, ni rien.

— Ni moi non plus, aurait pu de plus en plus confesser l'abbé Lâche, lequel écoutait toujours ces choses dans un mutisme absolu.

— Eh bien ! il faudrait un plumitif qui

eût un peu de tout cela. On dit que vous n'en avez guère, de tout cela, mon cher monsieur, mais enfin, n'importe! il faut avant tout un maître drôle qui connaisse la boutique, qui ait vécu dans l'intimité des gens d'Église, un faux frère, un traître sans pudeur, une espèce de Judas.

— Monsieur! s'écria l'abbé Lâche avec dignité.

—Minute! mon petit, reprit le terrible spéculateur; et attention aux trente deniers! Il faut faire ce livre contre les Jésuites.

— Jamais! monsieur, s'écria l'abbé Lâche avec un noble geste.

Nous avons dit que l'abbé Lâche voyait parfaitement la vérité qu'il faisait profession d'outrager. En ce moment, soit que la scène de l'Archevêque eût tourné plus particulièrement son esprit du côté du bien, soit que les façons insultantes de son interlocuteur l'excitassent à la contradiction, il aperçut avec plus de netteté que jamais l'éclat de la vérité.

— Jamais ! monsieur, répéta-t-il avec énergie, jamais je ne ferai un livre contre les Jésuites. Ils ont été toujours les premiers à la défense de la religion ; ils sont partout où il faut l'implanter ou la soutenir ; ils instruisent la jeunesse ; ils propagent l'Évangile au péril de leur vie dans le monde entier ; ils meurent martyrs, et ils ont donné à la terre une légion de savants, de héros et de saints. Et voilà pourquoi on les hait et on les voudrait renverser. Jamais, non, jamais je ne me prêterai à une attaque contre eux. Je leur dois tout. Ils m'ont élevé gratuitement, et ils ont nourri de leurs aumônes ma mère malade et infirme.

Le spéculateur écoutait tout cela avec un sourire effroyable. Il plongea la main dans sa poche et sortit trois rouleaux de napoléons, dont il brisa l'enveloppe. Il jeta, silencieux et tranquille, tout cet or sur la table.

— Voici trois mille francs pour ce livre, dit-il ensuite.

La lampe faisait briller les jaunes reflets du métal. Le visage de l'abbé Lâche, d'abord atterré, s'illuminait de tous les feux de la convoitise. Ses yeux étaient hagards, sa poitrine haletante.

— J'écrirai ce roman, dit-il d'une voix étouffée.

— Puis vous démolirez, vous déshonorerez à jamais les Capucins, les Franciscains, les Carmes et toute leur séquelle. Ces va-nu-pieds déguenillés me sont désagréables à voir quand je passe dans ma voiture ou que je viens de déjeuner au café Anglais.

Une nouvelle réaction eut lieu chez l'abbé Lâche, au souvenir de ces âmes admirables qui continuent sainte Thérèse et saint François d'Assise. Sa conscience soulevée parla encore une fois par sa bouche :

— Quoi ! ces saints religieux, qui renoncent à la richesse pour épouser la divine pauvreté ; qui mènent la vie la plus austère et la plus dure; qui donnent à la mollesse et au luxe de notre siècle l'exemple du mépris de la fortune; qui prêchent les riches par leur vie et les pauvres par leur parole; quoi ! vous les voudriez flétrir, ces hommes vénérables qu'on devrait plutôt appeler des anges.... Ah ! monsieur, convenons ensemble qu'ils honorent la terre qui les porte et la religion qui les produit ! Et certes, jamais je ne consentirai pour mon compte....

— Voici cinq cents francs de plus pour le chapitre qui doit flétrir à jamais ces hommes vénérables.

Et un nouveau flot d'or roula sur la table.

L'abbé Vipérin Lâche se sentit défaillir. Il fit un effort sur lui-même pour étouffer sa conscience qui se révoltait.

— Après tout, reprit-il, je dois reconnaître avec vous qu'il y a des arguments contre le vœu de pauvreté, et que ces misérables moines ont quelque chose de contraire à la dignité et à la légitime fierté de l'homme. On peut alléguer qu'il répugne à une âme noble de vivre d'aumônes, au lieu de gagner dignement sa vie par un travail honorable comme...

Il n'osa pas dire « comme moi. »

— ... Comme tout le monde, ajouta-t-il après avoir hésité. J'écrirai le chapitre contre les ordres religieux.

— Viendra ensuite le chapitre contre le célibat ecclésiastique. Il faudra l'éreinter fortement : c'est une thèse qu'on débat souvent dans les estaminets et chez les marchands de vin, entre une chope de bière et un article de Havin ou de Guéroult.

— Vous me demandez l'impossible, monsieur ! s'écria l'abbé Lâche, qui, tout coupable qu'il était, n'avait jamais été, dans ses articles de journaux, jusqu'à ce point extrême où voulait l'entraîner l'homme d'argent. J'ai sur ce point les idées les plus arrêtées. Le Célibat, c'est la garantie que le prêtre sera tout à Dieu, c'est-à-dire tout au bien, tout au troupeau qui lui est confié, et qu'il n'endormira pas son zèle sacré et son ardeur sainte dans les tièdes oasis d'une tendresse humaine. Le Célibat ecclésiastique n'est-il pas précisément la cause de la supériorité du clergé d'Occident sur le clergé oriental ? Cela ne souffre nul doute. Père de tout un peuple, centre de toute une tribu d'âmes chrétiennes, confident et ami de quiconque vient à lui, le prêtre catholique ne doit avoir ni paternité particulière, ni famille privée. Nul

amour terrestre ne doit absorber les for-
ces vives de ce cœur appelé à être tout
charité. La question de la Confession, d'un
autre côté, tient par'un lien très-étroit à
cette institution du Célibat ecclésiastique,
et il est évident....

— Ce qui est évident, c'est qu'il faut
démolir aussi ladite Confession, fit sans
s'émouvoir le brasseur d'argent.

— Mais c'est le salut du monde! cria
l'indigne prêtre qui, au milieu de son
infamie, voyait encore briller au-dessus
de lui l'impassible Vérité qu'il trahissait.

Le tentateur jeta dédaigneusement cinq
pièces d'or sur la table.

— Contre le Célibat et la Confession,
on a entassé mille lieux communs. Vous
n'aurez qu'à les copier. Ces deux chapi-
tres ne valent pas plus de cent francs.

— Après tout, reprit Vipérin Lâche,
ce ne sont là que des détails de discipline. Ce n'est pas l'Église.

— Ensuite, il faudra faire une charge à fond de train contre la Papauté.

— Juste ciel! s'écria l'ancien prêtre. Mais la Papauté, c'est l'Église elle-même. Vous me demandez de vous livrer l'Église, comme Judas livra Jésus.

— Je ne dis pas non, répondit froidement le formidable inconnu. J'ajoute trente francs. Ce chiffre me plaît et m'amuse. Je jure sur la Banque que je ne l'augmenterai pas d'un denier : je suis Élias Kottegobb.

Il n'est personne à Paris qui ne connaisse le nom de ce juif célèbre mêlé à presque toutes les affaires véreuses de notre temps. Chacun sait que les mots « implacable » et « âpre au gain » sont le synonyme bien affaibli du nom redoutable d'Élias Kottegobb. De graves revers en police correctionnelle venaient de le ruiner, c'est-à-dire de le réduire à la fortune d'un honnête homme; et il songeait avec ces débris à récupérer, par une série de spéculations aventureuses, ses millions engloutis dans l'abîme. Le livre contre l'Église catholique devait, dans sa pensée, sextupler au moins, tout d'abord, ce qu'il possédait encore et lui fournir ainsi sa première mise de fonds pour sa rentrée dans les grandes affaires.

L'abbé Lâche, en ce suprême moment, se sentit saisi par une vague terreur. Devant la trahison absolue de toutes ses croyances et de toutes ses certitudes, devant ce déicide qui consiste à livrer la Vérité elle-même à ses assassins, sachant qu'elle est la Vérité vivante et le trésor du genre humain; devant le forfait tout entier, devant le crime définitif, le misérable fut torturé dans son cœur par les plus horribles angoisses. Son front pâle ruisselait de sueur, ses yeux étaient vitreux comme ceux des mourants dans les affres de l'agonie; sa bouche convulsive murmurait des paroles entrecoupées et confuses. Dans les profondeurs de sa conscience et de son souvenir passaient et repassaient tous les bienfaits dont il avait été comblé par l'Église, depuis l'instruction qu'il avait reçue de ses anciens maîtres, depuis la douce vieillesse de sa mère morte, jusqu'à ces excellents prêtres de Paris qui le secouraient de leurs aumônes, jusqu'à ce saint Archevêque qui, quelques instants auparavant, avait été si grand et si bon dans cette même chambre où l'envoyé de Satan était entré après lui.

Le juif Élias attendait l'issue de ce combat intérieur. Il avait allumé un cigare et fumait paisiblement.

— Eh bien! dit-il enfin, il paraît qu'on ne se décide pas. Alors, adieu!

Et d'un geste il rassembla, pour le remettre dans ses poches, le trésor qui était épars sur la table.

L'abbé Lâche tressaillit. Il avança lui-même la main et toucha l'or. Satan avait vaincu.

Comme saisi par une frénésie sauvage, l'abbé Lâche roulait ces pièces brillantes les unes contre les autres. Il plongeait et replongeait ses mains infâmes, ses mains qui avaient tenu jadis et consacré l'hostie sainte dans ce bain de métal ruisselant. Puis il le prit à poignées et le jeta dans son sein, contre sa chair, qui frissonna à ce contact. Ce fut un terrible spectacle.

Chose étrange, et presque inexplicable, ce misérable pleura. L'âme de l'homme a d'insondables profondeurs.

— Le livre sera fait ! dit-il tout bas et comme se parlant à lui-même.

Cette parole eut plutôt l'air d'un râle que d'une phrase articulée.

Peut-être, en effet, la conscience venait-elle d'expirer. Peut-être Satan venait-il d'entrer dans cet homme.

Il fit quelques pas dans la chambre. Puis, sortant de son affaissement et se redressant tout à coup comme animé par une vie nouvelle, une vie sinistre :

— Je vous promets quelque chose de plus, cria-t-il à l'homme d'argent d'une voix pleine de fureur, c'est de traîner l'épiscopat et le clergé de Paris dans la boue ; c'est de souiller, d'insulter le Cardinal Archevêque de*** qu'on appelle le saint de l'Église de France. Je fais, contre tous ces gens-là, le serment d'Annibal !

— Quel mal vous ont-ils fait? demanda le spéculateur étonné.

— Quel mal? hurla le scélérat, poussé comme malgré lui à dire tout son secret. Quel mal?... Ah ! ils m'ont accablé de bienfaits, et ce souvenir me brûle comme un fer rouge. Ils ont nourri ma vieille mère. Ils m'ont élevé avec un soin maternel, ils m'ont secouru quand j'étais pauvre, ils m'ont soigné quand j'étais malade. Oh ! je les hais maintenant d'une inexterminable haine. Ils m'ont fait du bien !...

Le juif fut lui-même épouvanté devant ce paroxysme de perversité; mais il se remit promptement pour revenir aux affaires pratiques.

— Voici le reçu et le contrat, dit-il en présentant un papier dont il remplit rapidement quelques lacunes laissées en blanc.

Vipérin Lâche prit la plume et signa.

V

Le lendemain le Cardinal-Archevêque de *** se présenta chez l'abbé Lâche. On lui dit qu'il était parti pour un très-long voyage et qu'on ignorait son adresse. Le prélat supposa une partie de la vérité, et pensa que le malheureux, n'ayant pas eu la force de se convertir, n'osait plus affronter son regard. « Il a honte de lui-même, se dit le saint vieillard, et il aura sans doute déjà renvoyé à mon domicile ce mandat qui était destiné à lui rendre doux et facile le chemin du retour. »

Comme il se trouvait tout près de l'hôtel de MM. de Dreuze et de Marson, ses banquiers, il y entra un instant pour une affaire de charité ; car ces messieurs, admirables chrétiens eux-mêmes, avaient ouvert au vénérable Archevêque un compte courant pour toutes les œuvres considérables dont il s'occupait.

— Éminence, lui dit le caissier en le voyant passer, nous avons reçu tout à l'heure un autographe de Votre Grandeur, un mandat de quatre mille francs.

Vipérin Lâche s'était présenté dès le matin et avait emporté la somme.

L'homme de Dieu fit mentalement une prière pour cet apostat devenu voleur. Puis, songeant aux respectables misères qu'il aurait pu soulager avec cet argent, il ajouta : « Eh quoi, Seigneur, souffrirez-vous que les pauvres, les bien-aimés de votre Fils, soient punis de mes fautes et qu'ils expient les imprudences de votre indigne serviteur ? »

Puis il ouvrit la porte du cabinet de M. de Dreuze. Le banquier tenait dans sa main une dépêche télégraphique. Il se leva et courut au-devant du prélat.

— Éminence, lui dit-il, une hausse subite dans les cotons vient de me faire gagner quarante mille francs. Je songeais à payer la dîme par un cadeau à madame de Dreuze. Mais en apercevant Votre Éminence je viens, je ne sais pourquoi, d'avoir tout à coup une autre pensée. Prenez cette dîme pour vos pauvres : mon excellente femme sera aussi contente que moi de ce virement de mes capitaux.

L'Archevêque prit les quatre billets de banque que lui tendait M. de Dreuze et lui serra cordialement la main.

— Je vous remercie et je remercie Dieu, lui dit-il. Jamais argent ne vint plus à propos.

Et il raconta au banquier, en taisant les noms, les circonstances qui montraient en ce petit événement l'action manifeste de la paternelle providence de Dieu.

— Vous autres banquiers, lui dit-il, vous savez plus ou moins l'économie politique. Mais il y a aussi une économie divine, et vous venez de voir comment elle opère.

VI

Environ quatre mois après, un petit enfant rose et frais, de quinze ans environ, portant sur son visage vif et pur le double et charmant reflet de l'esprit et de l'innocence, grimpait en courant l'escalier de Vipérin Lâche. L'enfant, coiffé d'un casque en papier comme c'est la coutume dans les imprimeries, venait remettre à l'auteur les dernières épreuves du livre infâme. Message d'enfer porté par un ange!

Chemin faisant, le petit curieux en avait lu une ou deux pages et sa jeune âme s'était soulevée. « Il y a dans le monde de grands scélérats, » s'était-il dit en refermant ces feuilles avec dégoût.

L'abbé Lâche vint lui-même ouvrir et lui prit brusquement les épreuves des mains.

— Attends, petit, lui dit-il; je vais les revoir et te les rendre.

L'enfant s'assit et regarda l'homme et la chambre.

La chambre était en désordre. Deux vases de fleurs artificielles, recouverts d'un globe comme on en voit sur les autels, ornaient la cheminée. Sur la table, un morceau de bois noir dont une entaille au milieu indiquait l'origine, un morceau de bois noir provenant d'une croix brisée servait de couteau à papier. Contre le mur une grande gravure représentait Hippocrate refusant les présents d'Artaxerce.

Vipérin Lâche avait sur la tête une calotte noire; et, quoiqu'au dehors il fût toujours vêtu en laïque, il portait dans l'intérieur, en guise de robe de chambre, une vieille douillette d'ecclésiastique qui contrastait affreusement avec son pantalon gris-perle et ses pantoufles rouges.

L'enfant regardait Vipérin Lâche avec une profonde attention. Plusieurs fois, tandis que l'auteur corrigeait hâtivement les épreuves, il ouvrit la bouche pour lui parler, mais une sorte de timidité le retenait toujours. Enfin il s'enhardit :

— Est-ce vous, Monsieur le Curé, qui devez répondre à ce livre infâme? dit-il.

Ce mot de « Monsieur le Curé » tombant au milieu de son abominable labeur fit tressaillir l'apostat.

— Qui es-tu, mauvais drôle? demandat-il tout hagard.

— Je suis votre ancien paroissien, Monsieur le Curé, répondit l'enfant, c'est vous qui m'avez baptisé : je suis le petit Jean-Louis. Vous m'avez appris le catéchisme. Je me suis confessé à vous, et vous m'avez fait faire ma première communion. Pendant un mois je vous ai servi la messe. Vous en souvenez-vous?

— Nullement, répondit le prêtre coupable. Je n'en ai nul souvenir.

— Est-ce possible, Monsieur le curé? Comment! vous ne reconnaissez pas le petit Jean-Louis? Mais j'étais placé toujours sous vos yeux : je me mettais immédiatement au-dessous de la chaire pour ne pas perdre un mot de vos instructions, tant j'aimais à entendre les choses que vous nous enseigniez! Vous nous disiez que rien n'est beau, que rien n'est bon comme la vertu, qu'il faut tous devenir des saints, qu'il faut aimer Dieu, la bonne sainte Vierge et les Bienheureux. Vous nous parliez des peines éternelles et du Paradis. Vous nous disiez que ce jour où nous recevions notre Dieu était le plus beau jour de notre vie, le plus beau parce que c'était le plus pur! Comment, vous ne vous en souvenez pas?

— Non! encore une fois, reprit l'abbé Lâche, avec une impatience pleine de trouble. Laissez-moi! laissez-moi! je suis occupé... je travaille... j'ai besoin de repos.

— Faites, faites, Monsieur le Curé! C'est donc vous qui devez combattre ces vilaines choses qu'on vous communique là en épreuves? Ah! Monsieur le Curé, il faut être bien vil et bien scélérat pour écrire de pareilles infamies? Je me le disais en venant.

L'abbé Lâche était devenu rouge devant ce clair regard d'enfant. Il s'agitait et balbutiait.

— Oui... je dois réfuter... je verrai.. peut-être.

Le petit Jean-Louis le regardait toujours.

Vipérin Lâche se remit à corriger les épreuves, mais il sentait que l'enfant continuait de le regarder, et ce regard pesait sur lui comme du plomb. Ses yeux se troublaient, et il ne voyait plus les lignes des feuilles imprimées qu'il avait devant lui. Il tremblait devant ce pauvre petit être qui lui rappelait la mission sainte du passé. Accusatrice et formidable sans le savoir, l'Innocence faisait descendre dans l'âme tourmentée du criminel les inexprimables angoisses de la terreur. Il se sentait gagner par une étrange et secrète épouvante, et dans ce regard si candide, si pur et si doux, il croyait voir se refléter mystérieusement l'épée flamboyante de l'Ange exterminateur.

— Tu peux partir, dit-il enfin à l'enfant sans oser lever de nouveau les yeux sur lui.

— J'ai le temps, répondit le petit Jean-Louis, qui ne cessait point de le regarder.

Lâche voulut parler. La voix ne put

monter à ses lèvres. Quelque chose comme un étau le tenait à la gorge. La situation devenait terrible. Les cheveux du renégat, humides de sueur, se dressaient sur sa tête. L'œil de l'enfant était toujours sur lui.

Il fit un suprême effort pour rompre cet horrible charme. Il se dressa sur ses pieds, regarda l'enfant et dit :

— Il n'y a pas de Christ, il n'y a pas de Vierge, il n'y a pas de Dieu, il n'y a pas de vertu, il n'y a pas de Paradis, il n'y a pas d'Enfer.

Puis, après un moment de silence farouche, il s'écria :

— Ah ! je suis damné !

Le pauvre enfant s'enfuit avec épouvante.

Le roman de l'abbé Vipérin Lâche parut enfin. Cet homme, qui avait toutes les lâchetés, se montra vil jusqu'au bout,

et n'eut point plus de courage que le calomniateur qui écrit clandestinement
quelque lettre abominable sans la faire
suivre de sa signature, que le traître re-
couvert d'un masque, qui donne par derrière un coup de poignard et qui sou-
dain disparaît dans l'ombre. Il n'osa pas
signer son œuvre, et le livre parut avec
l'infamie de l'anonyme. Si Vipérin Lâche
dissimula ainsi, aux yeux de quelques-
uns, les syllabes qui forment son nom,
il fit voir du même coup, dès la couver-
ture du livre, toute la bassesse de son
âme, et pressentir que l'ouvrage entier
n'était qu'une ignominie. Il est vrai que
le nom de l'auteur, si on l'eût avoué,
n'eût pas été pour le livre une moindre
déconsidération.

Vipérin Lâche avait senti ces choses,
et, pour donner du crédit à son roman,
il avait ajouté aux astérisques de l'anonyme son titre de prêtre, comme si depuis longtemps il n'eût pas été chassé

des rangs du clergé et des honneurs du sacerdoce.

Élias Kottegobb avait choisi de très-grands éditeurs et consacré tout ce qui lui restait de son ancienne fortune, environ deux cent mille francs, à une magnifique impression de l'ouvrage et à d'immenses frais de publicité. Les journaux, qui appartiennent presque tous à la tribu d'Israël, de vastes affiches, des annonces répandues à profusion et envoyées partout, présentèrent le livre comme émanant d'un haut dignitaire de l'Église que sa grande position obligeait à cacher son nom, etc., etc.

Vains efforts ! Le livre n'avait ni style, ni savoir, ni intérêt dramatique, ni talent. C'était une platitude, bête et lourde. Il ne s'en vendit pas mille exemplaires et l'illustre brasseur d'argent fut ruiné.

Ceci n'est point la fin.

VII

Élias Kottegobb, précipité dans la misère par cette catastrophe imprévue, ne pouvait se résigner à son sort et essayait encore de lutter contre l'indifférence publique. Il courait du matin au soir dans tous les bureaux de journaux, demandant de nouveaux articles, implorant ici des louanges, ailleurs même des critiques ; car les attaques comme les éloges font la vogue des livres, excitent le public et poussent à la vente. Toutes les portes se fermèrent successivement devant cet homme qu'on trouva importun dès qu'on le sut ruiné, et les milliers d'exemplaires qui avaient été imprimés continuèrent de moisir dans les caves du grand éditeur.

Ces jours derniers, Élias Kottegobb parvint à pénétrer chez notre célèbre critique Anastase Decan, lequel, bien que fort connu pour son hostilité contre l'Église, s'était jusque-là nettement refusé à écrire un seul mot sur le livre de Vipérin Lâche.

— Pourquoi ce silence? lui dit Élias. N'êtes-vous donc plus l'ennemi du Catholicisme et désertez-vous le camp de la Libre Pensée, de la Philosophie et de la Révolution?

— Nullement, répondit le critique. C'est parce que je suis fidèle à ma vieille antipathie contre le Catholicisme, que je jette un voile sur cet écrit piteux et misérable, qui est une honte pour la cause qu'il prétend soutenir, et un honneur pour celle qu'il attaque. Ce roman dirigé contre l'Église, et annoncé avec tant de fracas, est d'une nullité niaise qui me désole. L'auteur est sans doute quelque pauvre impuissant, ramassé dans la rue, à qui on aura mis une plume dans la main, et qui est aussi étranger à l'art d'argumenter qu'à celui d'écrire.

« C'est lamentable.

« J'avais espéré, je l'avoue, trouver quelque vigueur inaccoutumée dans ces attaques dirigées contre l'Église par un homme qui déclare en faire partie : je n'y ai rencontré que des lieux communs, abandonnés depuis longtemps par la critique sérieuse, des divagations et des phrases déclamatoires. Il n'y a ni science, ni verve, ni énergie, ni forme littéraire, rien.

« Le style, lourd et terne comme un jour de pluie, n'a rien de commun avec la langue française, les situations sont impossibles, et les caractères — sans caractère.

« C'est, dans toute l'étendue du mot, une œuvre manquée et un pauvre livre, et le mieux est pour notre parti de ne point s'en vanter et de n'en pas faire de bruit. Si les Jésuites étaient aussi machiavéliques que l'auteur le prétend, je les soupçonnerais volontiers d'avoir écrit eux-mêmes ce livre, pour montrer combien sont faibles les inventions qu'on ourdit contre eux, et les arguments par lesquels nous combattons le Catholicisme. »

Élias Kottegobb, personnage assez peu lettré, s'était fait jusque-là sur le mérite de l'œuvre une complète illusion. Il fut atterré à ces paroles et essaya de contester les assertions de son interlocuteur.

Le célèbre écrivain prit alors sur la cheminée l'ouvrage de Vipérin Lâche, et, tout en le feuilletant, se livra à une critique détaillée et complète, qui fit enfin comprendre au juif, muet de stupeur, toute la pauvreté de ce livre et la cause radicale de son insuccès.

— Les bons Jésuites doivent singulièrement rire de telles attaques, disait Anastase Decan en promenant çà et là son regard sur les pages de ces volumes. Dès le début, l'auteur, mettant en scène quelques-uns d'entre eux, commence par les déclarer très-honnêtes, très-purs, très-désintéressés en tant qu'individus; puis, dès qu'ils sont réunis trois ou quatre ensemble, il leur fait accomplir des scélératesses dignes de la cour d'assises, de véritables vols, et autres choses semblables ou pires.

« Comment voulez-vous qu'on accepte tout d'abord de si monstrueuses contradictions? A quels cerveaux fêlés pense donc s'adresser l'auteur pour oser proposer cette singulière arithmétique, d'après laquelle un agneau, plus un agneau, plus un agneau, font trois loups? Telle est cependant la thèse imbécile sur laquelle repose tout l'ouvrage. Le plus grand talent ne suffirait pas à la faire passer : aussi les mots me manquent-ils pour exprimer ce qu'elle devient entre les mains du maladroit apprenti littéraire qui a écrit ce livre.

— Il me semble, tenta de dire le juif, que la contradiction de cette thèse disparaît dans le jeu des événements et des caractères. L'intérêt qui se concentre sur le héros, l'Abbé.....

— Nul intérêt ne s'y concentre, je vous le jure, interrompit Decan. Le héros est un abbé, mais l'abbé n'est pas un héros. C'est un personnage sans vie et sans réalité qui n'a d'autre rôle que de prononcer des thèses filandreuses contre les dogmes et la discipline de l'Église, et des sermons interminablement ennuyeux. C'est un abbé de fantaisie, comme ces étranges Jésuites, à la fois vertueux comme saint Vincent de Paul et scélérats comme Lacenaire, qui parviennent par leurs captations à dépouiller le susdit héros de sa fortune.

— Pourquoi s'arrêter à ces détails? objecta Kottegobb. Il faut suivre l'intrigue du livre: elle est accidentée, piquante.....

— Et neuve, fit le critique.

— Le héros a une sœur, reprit Élias, et l'Odyssée des persécutions qu'ils ont à souffrir l'un et l'autre forme la trame du roman. Les Jésuites font enlever la sœur par une grande dame, une duchesse si je ne me trompe, et lui font traverser la France...

— ...Absolument comme s'il n'y avait en ce beau pays ni procureurs impériaux, ni commissaires de police, ni sergents de ville, interrompit de nouveau le critique avec une dédaigneuse ironie. Tout cela ne souffre pas plus de difficulté que dans les romans d'Anne Radcliffe.

Le pauvre Élias Kottegobb, de plus en plus consterné, voulut encore défendre l'ouvrage sur lequel il avait joué les derniers restes de sa fortune.

— L'intrigue du roman, commença-t-il à dire, me paraît intéressante. Et si j'osais vous l'exposer...

— Inutile ! dit impitoyablement le grand critique en lui imposant silence d'un geste. Inutile ! je connais l'intrigue : elle n'est point sortie de ma mémoire, et je serais prêt à la raconter. Voyez plutôt. Ce rapt, dont nous venons de parler, ce rapt, d'une si exquise vraisemblance, se termine par une claustration non moins problable dans un couvent des États-Romains. Durant la traversée sur le paquebot des Messageries Impériales, la docile victime qu'on enlève ne pousse pas un cri, n'appelle personne au secours ; et cela, afin sans doute de ne pas embarrasser l'auteur : toujours comme dans Anne Radcliffe et dans Touchard-Lafosse.

« Le hasard, de plus en plus vraisemblable, conduit le héros du livre précisément dans le couvent en question; et cela, juste à l'instant solennel où, à travers la grille, on entend le chant de sa sœur, laquelle sœur, par suite de je ne sais quelle règle monastique, ne chante qu'une fois par an. »

— Je l'avoue, tout cela est bien un peu forcé, dit le malheureux Kottegobb; mais, balbutia-t-il, le hasard est si grand !!...»

Decan n'eut aucune compassion et reprit avec impassibilité l'exposé du roman.

« — Scène superbe à la suite de ce cantique ! dit-il. Bris de clôture : le frère reprend sa sœur et l'emporte dans la montagne... Et ici, je dois le reconnaître, l'abbé devient véritablement un héros, voire un héros digne de la Fable, car il accomplit ces exploits sans armes et malgré la présence d'un traître expédié par les Jésuites, malgré la force armée, malgré six cents personnes ameutées contre lui.

« Cela n'empêche pas deux ou trois soldats du Pape de l'arrêter à la frontière. »

— Assez ! assez ! cria Élias Kottegobb, à qui cette exacte analyse du livre faisait subir le plus cruel supplice.

— Non ! non ! reprit le critique. Suivons jusqu'au bout ce héros « si intéressant ». Voilà qu'on le charge de chaînes et qu'on le conduit dans les horribles, humides et traditionnels cachots de l'Inquisition. Descriptions des chaînes et des verrous.

« Notons, toujours pour constater la vraisemblance, que tout ceci se passe de nos jours, en l'an de grâce 1861.

« Délivrance opérée par des bandits ; sans quoi, sans doute, le héros allait être brûlé vif sur les bûchers de l'Inquisition. »

— Grâce ! grâce ! implora encore Kottegobb.

— Ni grâce, ni merci, répondit le critique qui ne daigna point s'interrompre. Ce roman, vous l'avez fait faire ; ce roman, vous l'avez publié : il faut l'entendre tout entier.

Le juif eut un geste suppliant.

**Quoi tu veux qu'on t'épargne et n'a rien épargné !...
Je suis faible pourtant : je t'épargne ct j'abrége !**

s'écria Decan, qui prit, pour dire ces deux vers, la voix de Frédérick-Lemaitre. Nous arrivons au retour en France, couronné par un événement encore plus vraisemblable que tout le reste. Le héros, en fouillant dans un vieux coffre, trouve un morceau de papier qui lui apprend que sa sœur n'est pas sa sœur.

« Douleur poignante du héros à cette nouvelle, à juste titre fort inattendue. Désespoir d'être prêtre et de ne pouvoir épouser son ex-sœur. Tirade contre le Célibat, qu'on devrait supprimer, afin que les ecclésiastiques qui découvrent dans un vieux coffre que leur sœur n'est pas leur sœur puissent désormais convoler avec elle.

« Après tant d'agitations le héros meurt de la poitrine, ce qui prouve une fois de plus la perfidie de ces abominables Jésuites. N'est-ce pas là tout le roman? »

Pour la première fois, ce roman, si nettement raconté, produisit sur quelqu'un une émotion véritable. Élias Kottegobb avait envie de pleurer.

— Je ne parle pas, continua le cruel et sagace Anastase Decan, je ne parle pas des personnages épisodiques, Archevêques, Capucins, avocats, bandits, coupe-bourses, filles et femmes qui se promènent lamentablement dans ces ennuyeuses pages. Ils sont dignes du reste. Je remarque seulement que, par une contradiction qu'on ne sait comment concilier avec le but ostensible du livre, tous les personnages qui se séparent de l'Église et du clergé, au grand applaudissement de l'auteur, finissent par tourner tout à fait mal et par devenir de hideux coquins, tant est grande peut-être la force de la vérité.

« Croyez-moi, monsieur Kottegobb, dit le critique en terminant, ce n'est point par de telles sottises et de telles bassesses qu'on peut se permettre d'attaquer le Catholicisme. Vous vouliez savoir mon avis : le voilà. C'est celui de quiconque a lu le livre. Ce livre est nul; et c'est une entreprise avortée. Adieu, monsieur Kottegobb. »

Élias Kottegobb écoutait ces choses, nouvelles pour lui, comme le condamné entend son arrêt de mort. Alors seulement l'espérance, qui jusque-là s'obstinait à vivre, s'éteignit dans son cœur, où descendit comme un froid de glace. Il vit clairement que le livre ne se relèverait point de sa chute et que la ruine était définitive. Il entendait vaguement sonner dans son oreille l'heure fatale de la faillite.

Il quitta le célèbre critique avec la mort dans l'âme. Il courut çà et là dans Paris, sombre, désespéré, plein de fureur. Vers le soir, il ne put se contenir et courut chez l'abbé Lâche. Une horrible scène de violence eut lieu entre eux : j'en ignore les détails, je sais seulement que le juif souffleta l'ancien prêtre. Mais que nous importent ces vilenies ?

Le mystère qui entourait l'auteur du mauvais livre ne tarda point à être pénétré. On n'eut point de peine à deviner le nom de Vipérin Lâche, et à arracher le masque de l'anonyme pour flétrir ce scélérat.

J'en pourrais, si je le voulais, ajouter bien plus long.

VIII

Et maintenant, lecteur, que vous dirai-je? En prenant la plume j'avais eu d'abord le dessein de vous rendre compte d'un inepte, turpide et misérable roman intitulé «le *Maudit*, par l'abbé***, » dont on a essayé de faire quelque scandale. Au lieu de cela, je me suis laissé aller à vous raconter les divers épisodes du douloureux et sinistre récit que vous venez de lire. Avons-nous lieu de le regretter? Un tel récit n'est-il pas la plus naturelle réfutation d'une fable inventée par l'impiété; et, quand on attaque la religion par un roman, n'est-il pas permis de la défendre par une histoire ?

— Est-ce une histoire en vérité, et tout cela est-il donc arrivé ? Ce drame effroyable s'est-il acccompli, tel que le voilà présenté ? Ce livre intitulé « le *Maudit* » a-t-il en réalité, dans le secret des choses, une si vile origine et une si épouvantable préface ?

— Nullement, lecteur. Pendant que je parcourais les pages malsaines de ce livre, écrit évidemment par quelqu'un qui fut prêtre, je cherchais à comprendre comment un homme, ayant traversé les plus augustes, les plus divines fonctions qui soient sur la terre, avait pu descendre à un tel degré d'abaissement et d'épouvantable perversité. Par quelle série de dégradations successives le misérable était-il tombé de ces hauteurs surhumaines dans les ignominies de cet abîme ? Qu'avait-il dû se passer dans cette âme, alors qu'elle se livrait à ce ténébreux et satanique labeur? Quelles étaient les grâces auxquelles elle avait résisté, les avertissements qu'elle avait fuis, les ingratitudes humaines qui l'avaient préparée à la grande ingratitude de son apostasie envers Dieu et son Église ?... Quelles mœurs, me demandai-je encore, doit avoir ce prêtre qui, sacré jadis pour la pureté absolue, se complaît particulièrement à promener son imagination et sa plume parmi les obscénités et les blasphèmes les plus odieux ? Quelles tentations ont été offertes à ce Judas ? Comment s'est accompli le pacte infâme?

Toutes ces questions se pressaient dans ma pensée.

Mais, à mesure que je tournais les feuillets de ces trois volumes, il me semblait voir sortir de l'œuvre elle-même la physionomie de l'ouvrier et éclater à toutes les pages le secret que je voulais pénétrer. Et voilà que tout à coup, quand j'eus fermé pour ne plus le rouvrir ce déplorable roman, j'aperçus, comme par une intuition soudaine, comme par une vision étrange et saisissante, un drame sombre et terrible qui se déroula devant les yeux de mon esprit avec tous les caractères de la vie. Il passa sous mon regard éperdu avec tous ses personnages, avec tous ses contrastes, avec ses scènes agitées, derrière lesquelles on entrevoyait tour à tour Dieu et Satan. Puis tout disparut et j'essayai de me souvenir.

Et c'est ainsi, lecteur, qu'en face de ce livre, au lieu d'écrire une analyse, je vous ai fait un récit.

À ce récit, mon âme attristée trouve qu'il manque un chapitre : celui de « la conversion. » Ce chapitre, nous savons que l'inépuisable miséricorde de Dieu se plaît à l'écrire dans les existences qui furent les plus coupables, et à la suite des crimes les plus affreux : et la foi nous enseigne qu'il est toujours permis à notre espérance d'attendre çe que désire notre charité.

Que faut-il donc pour que l'ingrat se repente, pour que la brebis fugitive retourne au bercail, pour que le bien revienne encore illuminer une âme longtemps pervertie?

Lecteur chrétien, vous le savez aussi bien que moi; il faut votre fervente prière pour le criminel. Et, en terminant, je vous la demande pour lui : ce malheureux a besoin de pitié.

FIN.

EN SOUSCRIPTION :

ACTA SANCTORUM

PAR

LES RR. PP. JÉSUITES BOLLANDISTES

Réimpression textuelle, publiée par les soins de M. J. Carnandet, sous le patronage de Pie IX et la direction des RR. PP. Bollandistes de Bruxelles. Cinquante-quatre volumes in-folio, de mille pages à deux colonnes, avec les gravures de la première édition ; papier collé, beaux caractères et belles marges. Prix : 30 francs le volume ; il sera porté à 50 francs une fois les souscriptions couvertes. Trois volumes ont paru. (*Reliure d'amateur, tranche ébarbée, percaline noire, 5 fr. par vol.*)

Cette nouvelle édition des Bollandistes est patronnée par cent cinquante évêques, des membres de l'Académie française et de l'Académie des inscriptions et belles-lettres, et les savants les plus éminents de l'Europe. Il paraît inutile de faire ressortir l'utilité et l'opportunité d'une pareille publication, qui reçoit chaque jour les adhésions les plus chaleureuses et les plus sympathiques, non-seulement en France, mais en Angleterre, en Allemagne, en Russie, en Belgique, en Espagne et à Rome.

M. Ernest Renan a dit de cet ouvrage :

« ... Il me semble que, pour un vrai philosophe,
« une prison cellulaire avec les *Acta Sanctorum*
« serait un vrai paradis; on peut dire que parmi
« les légendes qui les remplissent (M. Guizot s'est
« donné la peine d'en faire le compte et en a trouvé
« 25,000) il n'y en a pas une qui n'ait son intérêt
« et ne mérite, par un côté ou par un autre, l'attention du penseur.

« Quelle incomparable galerie, en effet, que
« celle de ces 25,000 héros de la vie désintéressée !
« quel air de haute distinction ! quelle noblesse !
« quelle poésie ! Il y en a d'humbles et de grands,
« de doctes et de simples, d'obscurs et d'illustres ;
« mais je n'en connais pas un seul qui ait l'air vul-
« gaire. Tous m'apparaissent tels que les pose
« Giotto, grandioses, hardis, détachés des liens
« terrestres et déjà transfigurés. »

défaites ; se rendre temoin de ce grand duel entre la vérité et l'erreur qui, commencé avec le temps, ne s'achèvera que dans l'éternité : voilà le sujet qui doit préoccuper quiconque a le moindre souci de sa dignité et de son avenir. *Il serait honteux à tout honnête homme*, disait Bossuet, *d'ignorer le genre humain.*

C'est ce tableau que MM. de Riancey ont voulu donner. Vingt années d'études consécutives leur ont permis de le présenter avec plus d'ensemble qu'il ne l'avait jamais été.

Conditions de la souscription

et prime offerte aux premiers souscripteurs.

Tout souscripteur à l'*Histoire universelle du Monde*, qui nous enverra un mandat (50 fr.) sur Paris ou sur la poste, recevra *gratis* :

1° L'ouvrage *franco;* — 2° Douze mois d'abonnement à la *Revue du Monde catholique*, ou, à son choix, *la Vie des Saints illustrée, du P. Giry*, 2 vol. in-4°, du prix de 20 francs.

En ajoutant 10 francs, on recevra la *Vie des Saints*, magnifiquement reliée, dans un étui, et formant le plus beau cadeau d'*Étrennes*.

LES SERPENTS

ÉTUDE D'HISTOIRE NATURELLE ET DE POLITIQUE

PAR HENRI LASSERRE

Uu volume in-12. — Prix 2 fr.

« La Nature, dit M. Henri Lasserre, n'est qu'une immense parabole. Elle nous présente, sous un symbole matériel et visible, le spectacle que nous donnons nous-mêmes aux intelligences célestes qui contemplent les grandeurs et les aberrations de la créature humaine. L'univers n'est qu'un miroir. Tout ce qu'il y a de bon et de mauvais dans l'homme et dans la société a sa fidèle image dans quelque détail de l'infinie variété de la Nature. » Et c'est ainsi que l'auteur a trouvé dans les Serpents l'image des Sophistes et des Révolutionnaires ; et qu'il poursuit cette comparaison jusque dans les détails les plus piquants et les plus inattendus. Personne, comme M. Henri Lasserre, n'excelle à revêtir le sérieux de la doctrine d'une forme spirituelle et légère. La métaphysique la plus grave devient sous sa plume la plus amusante des fantaisies, Nous donnons ici la table des matières de cet intéressant volume.

PRÉFACE. — Où l'on commence à soupçonner le secret de la Nature. — Garo s'élève à la hauteur d'un philosophe. — La vraie rhilosophie de la Nature. — Du meilleur moyen de connaître les hommes. — Le suffrage universel appliqué à la création. — Ters pible mystère. — Les serpents. — Les Révolutionnaires et les Sophistes. — Justification de Diderot. — La Tête et le Cœur. — Philosophie de la Gueule. — Origine de la rhétorique des Sophistes.   D'une nature particulière d'éloquence — D'une mâchoire plus terrible que celle dont se servit Samson. — Cause radicale de la chute de Louis-Philippe. — Des divers points de vue de la Sophistique. — Les Serpents et les Oiseaux. — Identité des paysagistes et des peintres d'histoire. — Au bord des fontaines. — L'auteur indique la panacée universelle en Politique.— Comme quoi rien n'est plus faux que le proverbe : *In cauda venenum.* — De la charité des Reptiles. — Où l'auteur se fait l'avocat des Serpents. — De l'éloquence anglaise. — Nourriture des héros de ce livre. — L'habit ne fait pas le moine. — Petit cadre qui contient une infinité de portraits. — Histoire des variations. — L'alchimie de la mort. — Problème de Politique résolu par l'Histoire naturelle. — Où l'auteur effrayé n'ose pas tout dire — Deux arguments séparés par trois mille années. — CONCLUSION. Moyen infaillible de détruire les Serpents. — EPILOGUE. Moralité et Avis au lecteur.

VIES DES SAINTS

ILLUSTRÉES

PAR LE R. P. GIRY

Nouvelle édition, abrégée, refondue et continuée jusqu'à notre temps, une et deux Vies de Saints par jour, gros et beaux caractères, papier glacé, par M. Paul GUÉRIN, prêtre de l'Immaculée-Conception de Saint-Dizier.

Deux volumes grand in-8° de plus de 500 pages encadrées, et illustrés des 14 gravures de Lepautre. — Prix 20 francs.

Le même ouvrage, édition populaire, en un seul volume in-4°, sans gravures. — Prix : 12 francs.

En 4 beaux volumes in-12 (nouvelle édition sous presse) — Prix : 12 francs.

Cette édition mérite tous les éloges que les Évêques, la presse religieuse et le public ont unanimement donnés à la grande édition. — On y trouve pour chaque jour une Vie de Saint aussi développée que dans l'édition complète, avec des notices claires et touchantes sur les autres Saints du même jour. C'est le plus beau cadeau et surtout le plus fécond qu'on puisse déposer au sein de la famille, du presbytère ou du cloître. (Reliures en tout genres.)